LES MUSES

EN GOGUETTES.

LES MUSES

EN GOGUETTES,

CHOIX DE CHANSONS ET RONDES DE TABLE,

Par Pierre Colau,

PRÉSIDENT DE LA SOCIÉTÉ LYRIQUE DES BERGERS DE SYRACUSE.

Aux Filles de mémoire
Offrons nos chants joyeux !
Mais commençons par boire,
Et nous chanterons mieux.

Paris.

CHEZ STAHL, IMPRIMEUR-LIBRAIRE,

QUAI DES AUGUSTINS, N° 9.

LES MUSES

EN GOGUETTES.

BUVONS

A TOUT CE QUE NOUS AIMONS.

Air : *Tonton, tontaine, tonton.*

A boire Bacchus nous invite;
Il est entouré de flacons :
    Buvons,
    Buvons,
  Mes amis, buvons ;
Prenons-en chacun un, et vîte
Qu'on fasse sauter les bouchons :
    Buvons,
  Mes amis, buvons.

1*

6

Sur ce grand point quand on s'accorde,
On craint peu les divisions ;
  Buvons,
  Buvons,
 Mes amis, buvons :
Afin que l'aimable concorde
Soit le but de nos actions,
  Buvons ,
 Mes amis, buvons.

La gaîté paraîtra de suite
A cette table où nous siégeons ;
  Buvons,
  Buvons,
 Mes amis , buvons :
Le sombre ennui prendra la fuite
Au doux refrain de nos chansons :
  Buvons ,
 Mes amis, buvons.

Sans jamais paraître plus ivres,
De Bacchus savourant les dons,

Buvons ,
Buvons ,
Mes amis , buvons :
Tandis qu'on apprête les vivres ,
Que l'on fait rôtir les dindons ,
Buvons ,
Mes amis , buvons.

Lorsque l'ambition s'agite
Pour de folles prétentions ,
Buvons ,
Buvons ,
Mes amis , buvons ,
Au dieu qui nous attend au gîte ,
Pour offrir des libations ,
Buvons ,
Mes amis , buvons.

En nous souvenant que les belles
Préfèrent des amans tout ronds ,
Buvons ,
Buvons ,
Mes amis , buvons ;

8

Le vin dompte les cœurs rebelles :
Au sexe que nous adorons,
Buvons,
Mes amis, buvons.

Versez donc la liqueur vermeille,
En répétant sur tous les tons :
Buvons,
Buvons,
Mes amis, buvons ;
A notre gloire qui sommeille,
Malgré les envieux Bretons, (*)
Buvons,
Mes amis, buvons.

Puisqu'enfin la guerre est finie,
Qu'en paix avec tous nous vivons,
Buvons,
Buvons,
Mes amis, buvons :

(*) Cette chanson fut faite en 1816.

Aux talens, aux arts, au génie,
Aux grands hommes que nous avons,
Buvons,
Mes amis, buvons.

Au bonheur de notre patrie,
Que dans l'avenir nous voyons,
Buvons, Buvons,
Mes amis, buvons :
Quand de nous tous elle est chérie,
C'est un tribut que nous payons,
Buvons,
Mes amis, buvons.

SOUVENIRS D'UN BUVEUR.

Air du Vaudeville de Madame Scaron.

Adieu printems de ma vie,
Adieu saison des amours ;
Adieu folâtre Silvie,
Délices de mes beaux jours :
Lorsque le Tems, d'un coup d'aile,
Me pousse vers l'avenir,
    Mon cœur, toujours fidèle,
    Conserve un souvenir.

En trinquant,
En buvant,
Que chacun entonne
Un joyeux refrain
Qui mette tout le monde en train ;
Tout souci
Doit ici
Tomber dans la tonne :
Le verre à la main
Il faut boire jusqu'à demain.

Mon amante unie aux Grâces,
De l'Amour lançait les traits ;
Les Plaisirs suivaient ses traces ;
Mais.... où sont-ils ses attraits ?
Mon ardeur, qu'en vain j'appelle,
Hélas ne peut revenir :
  O ma ci-devant belle !
  Vivons de souvenir.
    En trinquant, etc.

La Fortune enchanteresse
M'a refusé ses faveurs,
Mais j'ai trouvé l'Allégresse
Auprès du Dieu des buveurs ;
Et l'Amitié que l'Envie
De mon cœur n'a pu bannir,
  Sut embellir ma vie :
  Ah ! quel doux souvenir !
    En trinquant, etc.

Assez long-tems la Discorde
A troublé notre bonheur ;

ujourd'hui chacun s'accorde
ur les mots *patrie*, *honneur !*
 vertu de nos ancêtres !
uisqu'on ne peut te ternir,
 Des lâches et des traîtres
 Perdons le souvenir.
　　En trinquant, etc.

e n'est plus que dans l'histoire
ue je vois nos fiers guerriers,
artout fixant la victoire,
e couronner de lauriers !
a paix enchaîna leur zèle
)ue rien n'eût pu contenir ;
 Mais leur gloire immortelle
 M'offre un beau souvenir.
　　En trinquant, etc.

i le tems nous fait connaître
)ue tout n'est qu'illusion,
u sort il faut se soumettre,
ʳoici ma conclusion :

En bannissant l'humeur sombre,
Vois-je mon bonheur finir,
J'embrasse encor son ombre
Pour dernier souvenir.

En chantant,
En buvant,
Que chacun entonne
Un joyeux refrain
Qui mette tout le monde en train ;
Tout souci
Doit ici
Tomber dans la tonne :
Le verre à la main,
Amis, buvons jusqu'à demain.

LE TRIOMPHE DE BACCHUS.

Air : *R'tin tin tin.*

Quel bruit frappe mon oreille !
Quel éclat brille à mes yeux !
Ah ! c'est du dieu de la treille
Le triomphe glorieux !
Sur nos côteaux , dans nos plaines
Bacchus étendit sa main ,
Et partout des grappes pleines
Sont l'espoir du genre humain.
            Si le vin
            Est divin,
Gloire aux dieux ! vive le vin !

Déjà la Seine et la Loire
De ce jus roulant les flots,
Momus se fait une gloire
D'en arroser ses grelots;
Et quand l'aimable Folie
Suit les pas de son voisin ,

La franche gaîté s'allie
Avec le dieu du raisin.
    Si le vin, etc.

Grâce à la liqueur chérie,
Je vois nos galans buveurs,
De leur bergère attendrie
Obtenir mille faveurs.
Il est constant qu'une belle,
Dont Bacchus presse le sein,
Rarement fait la rebelle
Et s'oppose au doux larcin.
    Si le vin, etc.

Si de Thèbes l'Antigone
Par ses vertus m'a charmé,
Je lui préfère Erigone
De qui Bacchus est aimé :
Vers lui quand elle se penche,
Sous le lierre ou le jasmin,
En liqueur le dieu s'épanche
Sur deux boutons de carmin.
    Si le vin, etc.

16

Protégé par la Victoire,
Bacchus est vraîment français,
Car la muse de l'histoire
Nous raconte ses succès :
Près d'un tendron pour s'ébattre
Il fut là soir et matin ;
Comme nous il sut combattre,
Boire et chanter en lutin.
Si le vin, etc.

Banissons l'humeur chagrine,
Oublions quelques revers ;
Que la liqueur purpurine
Rende nos lauriers plus verts :
Qu'au sein de la double ivresse
Qui met l'homme en si bon train ,
Des braves, pleins d'allégresse,
Vaincre encor soit le refrain,
Si le vin

Est divin ,
Gloire aux dieux! vive le vin!

————

V'LA C'QUE C'EST QU' LA FÊT' DES ROIS.

Air : *V'là c'que c'est d'aller au bois.*

De Comus réclamer les droits,
   V'là c'que c'est qu' la fêt' des rois ;
Avec des amis de son choix
      Manger la galette,
      Puis à sa poulette
Glisser la fève en tapinois :
   V'là c'que c'est qu' la fêt' des rois.

Glisser la fève en tapinois,
   V'là c'que c'est qu' la fêt' des rois ;
Puis s'écrier tout d'une voix,
      Quand la tasse est pleine,
      Vive notre reine !
Dîner comme de bons bourgeois ;
   V'là c'que c'est qu' la fêt' des rois.

2*

Dîner comme de bons bourgeois,
 V'là c'que c'est qu' la fêt' des rois;
Manger perdrix, dindons, anchois,
  La fine salade
  A la rémoulade;
De la gaîté suivre les lois,
 V'là c'que c'est qu' la fêt' des rois.

De la gaîté suivre les lois,
 V'là c'que c'est qu' la fêt' des rois;
Boire neuf coups au lieu de trois,
  Chanter les merveilles
  Du bon jus des treilles :
Sabler surtout le champenois,
 V'là c'que c'est qu' la fêt' des rois.

CHANTONS BACCHUS.

Air : *Lison dormait dans un bocage.*

Quand nous avons tant de bouteilles
Encor pleines d'excellent vin,
Chers favoris du dieu des treilles,
Prenons tous le verre à la main,

En sablant ce jus délectable
Par qui les chagrins sont vaincus,
  Chantons Bacchus, (*bis*).
Et songeons que de cette table
  Toujours Momus (*bis*).
Nous guide au temple de Vénus.

Qu'aux nouveaux Midas Pluton ouvre
Son temple où tout se change en or ;
Préférons le chaume qui couvre
La gaîté, notre seul trésor.
En sablant, etc.

20

Laissons aux héros des conquêtes
Qui leur causent tant de tourmens ;
Gloire et valeur sont deux coquettes
Qui souvent trompent leurs amans.

En sablant, etc.

Vous savez que la jalousie
Du monde est l'un des grands fléaux ;
Amans de Laure et d'Aspasie,
Trinquez, même avec vos rivaux.
En sablant, etc.

Le riche poids d'une couronne
Étouffe en naissant les plaisirs ;
Et le monarque, sur son trône,
Comme un autre a de vains désirs.
En sablant, etc.

D'Anacréon et d'Épicure
Les dieux habitent ce séjour ;
C'est sur leur autel que je jure
De boire et d'aimer tour à tour.

En sablant ce jus délectable
Par qui les chagrins sont vaincus ;
  Chantons Bacchus,   (*bis*).
Et songeons que de cette table
  Toujours Momus   (*bis*).
Nous guide au temple de Vénus.

LA BOUTEILLE.

Air de la Parole.

D'un sujet qui n'est pas nouveau
Je régale mon auditoire ;
Je l'ai puisé dans mon caveau ,
On devine qu'il fera boire :
Pour dissiper le noir chagrin,
Flore, il vaut mieux que ta corbeille ;
Mes amis , s'il vous met en train,
Vous répéterez mon refrain ,
Car je vais chanter (*bis*) la bouteille (*bis*).

A l'ambition, à l'orgueil
Je n'adresse point mon hommage ;
Je connais le funeste écueil
Que l'on trouve sur leur passage :
Ma déesse est la Volupté,
Et je préfère sous la treille,
Au sceptre de la royauté,
Pour aiguillonner la beauté,
Tenir dans ma main (*bis*) la bouteille (*bis*).

Jadis aux lois de Cupidon
Mes désirs n'étaient point rébelles ;
Le lutin m'avait fait un don
Qui me faisait chérir les belles :
Dans mon cœur s'éteignent ses feux ;
Les ans me font baisser l'oreille :
Au temps qui blanchit mes cheveux,
Envain j'adresserais mes vœux ;
J'ai pour seul recours (*bis*) la bouteille (*bis*).

Quand je la vois pleine de vin,
De plaisir mon âme est ravie ;

Je crois que ce nectar divin
Peut encore allonger la vie ;
Des verres quand j'entends le choc,
Dans mon cœur l'amour se réveille !
Si je vidais un petit broc,
Le chapon redeviendrait coq :
Mais vidons d'abord (*bis*) la bouteille (*bis*).

Pour séduire Erigone un jour,
Empruntant la métamorphose,
Bacchus fit le plus joli tour,
Mais Ovide en tait quelque chose :
De ce fait moi je suis certain,
Il est constant que, sous la treille,
Lorsque Bacchus se fit raisin,
Et qu'il voulut devenir vin,
Erigone était (*bis*) la bouteille (*bis*).

Oh ! que la bouteille a d'attraits !
Oh ! que la bouteille a de charmes !
Admirant chacun de ses traits,
A son ventre je rends les armes !

C'est là qu'est le dépôt sacré,
Plus doux que le miel de l'abeille.
Baisons ce goulot vénéré ;
Que chaque instant soit consacré
A bien célébrer (*bis*) la bouteille (*bis*).

LE VIN DE CHAMPAGNE,

ou

LE NECTAR DES DIEUX.

AIR : *Tout ça pousse, tout ça passe.*

CHANTONS ce jus précieux
Des côteaux de la Champagne :
Breuvage délicieux
L'allégresse t'accompagne !
Vins du Rhin et vins d'Espagne
N'inspirent que vanité,
Mais d'Aï dans la campagne
On voit croître (*ter*) la gaîté.

J'aime beaucoup ce dicton :
Tout ça pousse, tout ça passe,
Et j'en adopte le ton
Aux couplets que je compasse.
On peut blâmer mon audace,
Mais je suis toujours content
Quand je vois remplir la tasse
Que je vide (*ter*) à chaque instant.

Dans la vigne avec Bacchus,
Quand mon Apollon s'escrime,
Il ne m'assujétit plus
A trouver la même rime :
Faut-il donc être sublime
Dans un bachique refrain ?
Le seul vœu qu'ici j'exprime
Ce'st de boire (*ter*) à verre plein.

Un flacon est le flambeau
Par qui l'âme est éclairée ;
Bacchus nous peint tout en beau
Dans sa liqueur empourprée ;

Et sur la voûte azurée
Avec son thyrse il écrit :
Jusqu'au sein de l'empyrée
Le vin donne (*ter*) de l'esprit.

Partisans de plus d'un vin,
Soyez tous sans jalousie,
Dans notre culte divin
On n'admet point d'hérésie ;
Lunel, muscat, malvoisie
Je vous chanterai plus tard ;
Mais des mangeurs d'ambroisie,
Le champagne (*ter*) est le nectar.

BON ET GAI.

Air : *La farira dondaine gai.*

Avec du jambon ,
Aux champs , à la ville ,
Un coup de mâcon
Rend le vaudeville
Bon ;
La farira dondaine,
Gai ,
La farira dondé.

Le jus du flacon
Est toujours aimable,
En chaque saison
Il rend l'homme à table
Bon ;
La farira, etc.

Si d'Anacréon
Nous chantons la gloire,
C'est que ce luron
Fut toujours pour boire
Bon ;
La farira, etc.

Toujours Cupidon
Enfla sa musette ;
Et chaque tendron
Trouva le poëte
Bon ;
La farira, etc.

De cette chansun,
En forme de ronde,
Heureux si le ton
Semble à tout le monde
Bon ;
La farira dondaine
Gai ,
La farira dondé.

LE ROI DE LA FÊVE.

Air de la Catacoua.

CHANTONS, dans ce jour d'allégresse,
Celui que la fève a fait roi;
Jurons-lui que, dans notre ivresse,
Nous serons soumis à sa loi :
De nous commander il est digne
Puisqu'il sait boire à verre plein,
Sait mettre en train
Joli refrain,
Offre en chantant ses vœux au dieu du vin,
Et croit avec nous que la vigne
Est le soutien du genre humain.

Mais si l'amour, troublant sa tête,
Allait lui mettre son bandeau;
Si le monarque, en cette fête,
Pour du vin nous versait de l'eau :

3*

Chacun, en retirant son verre,
Au même instant s'insurgerait :
On parlerait,
On agirait,
Indépendant on se déclarerait ;
Tout au tyran ferait la guerre,
Enfin on le détrônerait.

Mais ce n'est qu'une vaine crainte,
Car dans l'empire de Bacchus,
Du tendre amour la douce étreinte
Se puise au fond du divin jus :
Et quand cent mille rois vont boire,
L'univers en chœur chantera,
Chacun rira,
Applaudira ;
Le verre en main tout le monde criera :
Le roi boit ! partageons sa gloire !
Le roi boit ! son peuple boira.

LE TRIOMPHE DE MARDI GRAS.

Air : *Ah! hi povero Calpigi.*

C'est envain que le sage gronde ;
A l'entour d'une table ronde,
En vidant les pots et les plats,
Amis chantons le *Mardi gras !*
Tout bon chrétien qui veut bien vivre,
Le mercredi se couchant ivre,
Doit chanter jusque dans les draps :
Vive, vive le Mardi gras ! (*bis.*)

Quand nous serons parmi les ombres,
Je crois que sous ces voûtes sombres,
Bacchus ne nous donnera pas
La dinde fine au *Mardi gras;*
Ce dieu, sur l'infernale rive,
Ne fréquentant âme qui vive,
Ne fait jamais dans ses états
Chanter *vive le Mardi gras !* (*bis.*)

Pourtant au séjour du tonnerre
On boit le nectar à plein verre ;
Jupiter donne un grand repas
Pour célébrer le *Mardi gras.*
Lorsque Comus à la Folie
Prodigue la douce ambroisie,
Junon, laissant voir ses appas,
Chante : *vive le Mardi gras !* (*bis.*)

Bacchus et l'enfant de Cythère,
Du ciel descendent sur la terre ;
Vénus et le dieu des combats
Ensemble font le *Mardi gras.*
Les Ris, des Jeux suivant les traces,
Au bal conduisent les trois Grâces ;
Therpsichore, en marquant leurs pas,
Chante : *vive le Mardi gras !* (*bis.*)

Amis, buvons au sexe aimable
Qui doit, au sortir de la table,
Nous recevoir entre ses bras
Pour couronner le *Mardi gras ;*

Cédons à ses douces amorces ;
Buvons pour augmenter nos forces,
Et dans nos amoureux ébats
Chantons : *vive le Mardi gras !* (*bis.*)

LE POUR ET LE CONTRE,

ou

L'HOMME CONTENT DE TOUT.

Air de la Grande Orgie de Béranger.

Toujours content,
Toujours chantant,
A table
Je suis stable ;
De Bacchus, comme de Cypris,
La gaîté me dit : sois épris ;
Ris !
L'homme est un animal
Qui du bien et du mal

Aime assez le mélange ;
Il est doux, furieux,
Timide, impérieux,
Dès qu'il sort de son lange.

Toujours content, etc.

Malgré tous les travers
Que dans cet univers
Chaque jour on rencontre,
Le sage observateur
Voit son régulateur
Dans le *pour* et le *contre*.

Toujours content, etc.

Lise que j'adorais,
Qui semblait faite exprès
Pour embellir ma vie,
A trahi ses sermens;
Mais au même moment
J'ai retrouvé Silvie.

Toujours content, etc.

Qu'un petit rimailleur
Décoche un trait railleur
Aux fils de la victoire ;
D'Apollon ce batard,
Selon moi, vient trop tard
Pour vivre dans l'histoire.

Toujours content, etc.

Ivre dès le matin,
Qu'un dévot libertin
De poison nous abreuve,
On sait que ses écrits
Du plus sanglant mépris
Ne sont pas à l'épreuve.

Toujours content, etc.

De vanité rempli,
Se croyant un Sully,
Qu'un autre politique,
Moraliste en chansons,
Donne aux rois des leçons
Dans un style gothique.

Toujours content, etc.

Pour égayer mes jours
Je rirai donc toujours,
Et, nouveau Démocrite,
Si j'ai l'air d'un grondeur,
On dira : ce frondeur
A du moins son mérite.

Toujours content,
Toujours chantaut,
A table
Je suis stable :
De Bacchus, comme de Cypris,
La gaîté me dit : sois épris,
Ris !

LES PROBLÊMES RÉSOLUS.

Air: *Chez nous un jour de mariage.*

Faut-il sans vin laisser son verre
Pour ne pas vider son flacon ?
　Non, non-non, non-non, non-non !
Avec du cidre un vieux trouvère
Peut-il atteindre l'Hélicon ?
　Non, non-non, non-non, non-non !
D'une Muse glacée et vaine
Faut-il rester le compagnon ?
　Non, non-non, non-non, non-non !
On ne peut réchauffer sa veine
Qu'en sablant le jus bourguignon.
Bon, bon-bon, bon-bon, bon-bon, bon !
　　　　　bon ! bon ! ! !

MA PHILOSOPHIE.

Air à faire.

JE suis heureux dans ma philosophie,
N'ayant jamais ni remords ni chagrin ;
A la gaîté je consacre ma vie ;
De mes chansons voici le grand refrain :
  Mes bons amis, aimer et boire
    Sont pour moi deux sources de gloire !
    J'offre tous mes jours à Bacchus,
    Et toutes mes nuits à Vénus.

Des jours humains la durée incertaine
Doit porter l'homme à goûter le plaisir ;
Le plaisir seul fait oublier la peine,
Et le grand art c'est l'art de le saisir.
  Mes bons amis, etc.

Ne suivons pas la fortune inconstante,
Trop rarement ses dons font le bonheur :
L'âme du riche est-elle plus contente ?
Aime-t-il mieux ? est-il plus franc buveur ?
  Mes bons amis, etc.

Fermons nos cœurs à l'implacable envie,
A la chicane, aux funestes soupçons ;
Pour le bonheur de cette courte vie ,
Tous ces objets sont autant de poisons.
   Mes bons amis, etc.

Ceindre son front des lauriers de Bellonne,
C'est un plaisir que je laisse aux héros ;
Le myrte seul, quand l'amour me le donne,
Flatte mon cœur sans troubler mon repos.
   Mes bons amis, etc.

A l'amitié rester toujours fidèles ,
Du dieu Comus suivre les douces lois ;
Rire, chanter et caresser nos belles ,
C'est savourer tous les biens à la fois.
   Mes bons amis, aimer et boire ,
   Sont pour moi deux sources de gloire !
   J'offre tous mes jours à Bacchus ,
   Et toutes mes nuits à Vénus.

TOUT ÇA CHANTE

ET

TOUT ÇA DANSE.

Air : *Tout ça passe.*

Afin qu'un feu créateur
Puisse opérer des merveilles,
Quoi qu'en dise l'auditeur,
Il faut toujours des bouteilles.
Pour assister à nos veilles,
La déesse du printems,
L'Amour et le dieu des treilles,
Tout ça marche (*ter*) en même tems.

Sans ce jus délicieux,
Qui rend l'humeur agréable,
Souvent le chantre des Dieux
Donnerait l'Olympe au diable.
Au vin pur et délectable
Les bons mots restent constans,
Et je vois qu'à cette table
Tout ça coule (*ter*) en même tems.

Mais voyez-vous ces bergers
Dont la joie est sans seconde,
A rire dans leurs vergers
Leur félicité se fonde.
Contens, heureux dans ce monde,
Sans faire les importans,
Dès qu'on entonne une ronde,
Tout ça chante (*ter*) en même tems.

Quand le son du chalumeau
Rappelle une époque chère,
Quand on s'apprête au hameau
A faire tous bonne chère ;
Sur la naissante fougère,
Au refrain de leurs amans,
Nymphe, Driade, Bergère,
Tout ça danse (*ter*) en même tems.

Censeurs à qui mes couplets
N'offrent point le sel attique,
Supposez donc qu'ils sont faits
Par un ménestrel antique ;

La flèche épigrammatique
Et de l'envieux les dents,
Contre la gaîté rustique
Tout ça glisse (*ter*) en même tems.

LA MANIERE

DE BIEN COMMENCER L'ANNÉE,

Chanson faite à la suite d'une année désastreuse.

Air du Rigodon zig zag don don.

L'AN passé Bacchus et Cérès
  Nous ont fait banqueroute;
Sur nos côteaux, dans nos guérets,
  Le diable était en route.
  Comptant bien que l'an nouveau
  Remplira grange et caveau,
  Pour commencer l'année,
Buvons et chantons un refrain:
  Car notre destinée
  Est de fuir le chagrin.

Lorsque nous sommes réunis
  Autour de cette table,
Amis tous nos maux sont finis :
  Quel plaisir délectable !
  A Bacchus faisons honneur,
  Il nous offre le bonheur.
    Pour commencer l'année,
Buvons, etc.

Agréez ici les souhaits
  Qu'un ami vous adresse ;
Qu'au fond de vos cœurs satisfaits
  Respire l'allégresse.
  En ce jour imitez-moi,
  Du plaisir suivez la loi ?
    Pour commencer l'année,
Buvons, etc.

Puissai-je tous vous voir heureux
  Par différentes causes ;
Vous, dont l'Hymen serre les nœuds,
  Que ces nœuds soient de roses ;

Vous qui , dans le célibat ,
Aux amours livrez combat ,
  Pour commencer l'année ,
Buvons, etc.

Aux braves amans de l'honneur ,
  Aux fils de la victoire ,
Je souhaite paix et bonheur ;
  Ils ont assez de gloire !
  Qu'un pampre ceigne leur front ;
Alors , joyeux , ils diront :
  Pour commencer l'année ,
Buvons et chantons un refrain :
  Car notre destinée
  Est de fuir le chagrin.

LE GATEAU DES ROIS.

Air : *Au clair de la lune.*

Lorsqu'ailleurs on brigue
Des grands la faveur,
Ici, sans intrigue,
On devient buveur ;
Bravant la satyre,
Chacun a ses droits,
Et le berger tire
Le *Gâteau des Rois.*

Aux maîtres du monde
Nous rendons honneur !
Mais, sur quoi se fonde
Le parfait bonheur ?
Bravant la satyre, etc.

L'honneur qu'ils reçoivent
Chez eux cède encor

Aux soucis qu'ils boivent
Dans leurs coupes d'or.

Bravant la satyre, etc.

La paix et la guerre
Se font par eux, mais....
Les rois de la terre
Ne chantent jamais :

Bravant la satyre, etc.

Ah! qu'ils sont à plaindre
Malgré leur pouvoir ;
Près d'eux l'art de feindre
Est presque un devoir.

Bravant la satyre, etc.

Chez nous la franchise
Et la vérité
Prennent pour devise :
Vive la gaîté !

Bravant la satyre, etc.

Mettant notre gloire
Au sein d'un grelot,
Chanter, rire et boire,
Voilà notre lot.

Bravant la satyre, etc.

Nos muses fidèles
Fêtent dans ces lieux,
Le vin et les belles,
Les rois et les dieux !

Bravant la satyre,
Chacun a ses droits,
Et le berger tire
Le *Gâteau des Rois.*

LE VERRE EN MAIN.

Air : *Comme Zéphir.*

Le verre en main,
Toujours treille
Et bouteille
Sont le refrain
Qui nous met tous en train,

Lorsque Vulcain
Surprit avec sa femme
Ce dieu taquin,
Qui faisait le faquin ;
De l'accident
Quoique fâché dans l'âme,
Tout en chantant
Il prit, au même instant,
Le verre en main.

Toujours, etc.

Le vieux Caton,
L'ennemi de Carthage,

Dont l'âpre ton
Eut foudroyé Pluton,
N'ignorant pas
Du bon vin l'avantage,
Dans un repas
Lui trouvait mille appas;
Le verre en main.

Toujours, etc.

Anacréon,
Épicure, Aristipe,
Trio luron,
Qui toujours était rond,
Du vrai bonheur
Votre exemple est le type,
Et de bon cœur
Je prends en votre honneur
Le verre en main.

Toujours, etc.

Amis, chantons
Le bon jus des vendanges;

50

Trinquons, buvons
Au bruit de nos chansons,
Nous nous croirons
Plus heureux que les anges ;
Nous le serons
Tandis que nous tiendrons

Le verre en main.
Toujours treille
Et bouteille
Sont le refrain
Qui bannit le chagrin.

UN SANS SOUCI

AUX ENFANS DE LA GOGUETTE.

Air du Vaudeville de la Partie.

Lorsqu'avec vous, *enfans de la goguett*
Les *Sans-soucis* viennent se réunir,
Pour eux ce jour est une belle fête ;
De leur bon temps c'est un gai souveni

Le verre en main, pour chanter une ronde,
Prenons tous un lyrique essor !
C'est en chantant qu'il faut prouver au
monde
Que nous vivons encor. (*bis*).

Vous m'entendez, *enfans de la goguette*,
Car je m'exprime en joyeux *Sans-souci*;
Oui, le plaisir, que chacun de nous guette,
Nous sommes sûrs de le trouver ici.
Le verre en main , etc.

Oui, nous vivons pour l'honneur, pour les
belles ,
Pour les plaisirs de la douce amitié ,
Et pour Bacchus qui nous voit tous fidèles,
Comme le lierre à son rameau lié.
Le verre en main, etc.

Faisons, amis, ensemble la promesse
De revenir souvent goûter ce vin ;
Il fait l'effet de l'onde du Permesse :
Oh ! c'est vraiment un breuvage divin !

Le verre en main, pour chanter une ronde,
Prenons tous un lyrique essor !
C'est en chantant qu'il faut prouver au
monde
Que nous vivons encor. (*bis*).

***

LE MYRTE ET LA VIGNE.

Air : *Jeunes filles, jeunes garçons.*

AIMABLES enfans de Bacchus,
Vous qui bannissez l'humeur noire,
Ajoutez au plaisir de boire
Celui que vous offre Vénus :
De vous plaire il est digne,
Que chacun ait son tour ;
Unissez dans ce jour
Le myrte de l'amour
A la vigne. (*bis*).

Quand Noé vit de l'univers
Noyer les habitans infâmes,

Quand lui, ses trois fils et leurs femmes
Régnaient sur de vastes déserts,
  Dieu leur dit, par un signe :
  « Repeuplez ce manoir. »
  Doutant de son pouvoir,
  Noé mit son espoir
    Dans la vigne.

Les filles de Loth, avec lui,
Au fond d'une sombre caverne,
A la lueur d'une lanterne
Veulent du monde être l'appui.
  Le bon vieillard rechigne,
  Il est froid et perclus ;
  Mais il n'hésite plus
  Quand il a pris du jus
    De la vigne.

Par Thésée, ingrat tout-à-coup,
Arianne est abandonnée ;
Bacchus trouvant l'infortunée,
Avec elle veut boire un coup.

Cette faveur insigne
Lui réjouit le cœur.
Et son consolateur
Est bientôt son vainqueur
Dans la vigne.

Buvons donc ce nectar divin !
L'amant, sans cesser d'être tendre,
Près de la beauté peut s'étendre
Sur les qualités du bon vin.
La critique maligne
A tort ferait du bruit,
Car, si l'amour nous fuit,
Il nous reste le fruit
De la vigne.

TOUT A BACCHUS.

Air de la Béquille du père Barnaba.

TRINQUONS, amis, trinquons,
Buvons tous à la ronde,
Car lorsque nous buvons
Tout est bien dans ce monde.
Qu'un bon Neustrien vante
Du cidre les vertus,
C'est le vin que je chante,
Et mon dieu c'est Bacchus.

On cite avec honneur
L'âge d'or de nos pères,
Mais pour nous le bonheur
Se trouve au fond des verres.
C'est en vain que l'on vante
Le siècle de Janus,
C'est le vin que je chante,
Et mon dieu c'est Bacchus.

56

Laissons les potentats,
D'après l'usage antique,
Gouverner les états
Suivant leur politique :
Qu'en extase l'on vante
Leurs puissans attributs,
C'est le vin que je chante,
Et mon dieu c'est Bacchus.

Amis de la grandeur,
Suivez votre fantôme,
Vous flairez le bonheur,
Heureux s'il vous embaume.
Quand Fortune inconstante
Me brouille avec Plutus,
C'est le vin que je chante,
Et mon dieu c'est Bacchus.

Des lauriers d'Apollon
Je ne suis plus avide,
Ma muse, à l'abandon,
A la tête un peu vide.

Son onde transparente
Ne vaut pas ce doux jus !
C'est le vin que je chante,
Et mon dieu c'est Bacchus.

Les amours au printemps
Trouvent peu de rébelles,
Et mes vers à vingt ans
Ne s'adressaient qu'aux belles ;
J'en ai plus de cinquante,
N'en déplaise à Vénus :
C'est le vin que je chante,
Et mon dieu c'est Bacchus.

LE PLUS BEAU DON DU CIEL.

Air : *Gai , gai , chantons encore.*

Bon, bon, amis, chantons :
  Honneur et gloire
Au dieu qui nous fait boire !
Bon, bon, amis, chantons :
Le vin du ciel est le plus beau des dons.

  Du soir au matin,
  En joie, en festin ,
  Avec Cythéris,
  Les jeux et les ris ;
  En chantant Bacchus ,
  Ivre de son jus ,
  Un Anacréon
  Vole au Panthéon.
Bon, bon , amis , chantons , etc.

  Sablons le bon vin ,
  C'est ce jus divin
  Qui du vieux caveau
  Montait maint cerveau :

Là, de la gaîté,
De la volupté,
Le noir Crébillon
Sentait l'éguillon.

Bon, bon, amis, chantons, etc.

On sait que Momus,
Pour fêter Comus,
Avait accollé
Piron et Collé :
Selon leur désir,
Toujours le plaisir
Guidait en ce lieu
Lafarre et Chaulieu.

Bon, bon, amis, chantons, etc.

Quoique des bergers
Les pipeaux légers,
Trempés dans le vin,
N'ont qu'un charme vain,
Nous invoquerons
Ces joyeux lurons

60

Qui, du temps vainqueurs,
Vivent dans nos cœurs.

Bon, bon, amis, chantons, etc.

Puisqu'il faut un jour
Au sombre séjour,
Bobéche ou *Caton*,
Aller voir Pluton,
Arrivons gaîment
Au fatal moment ;
Sans rire et chanter
Peut-on exister ?

Bon, bon, amis, chantons :
Honneur et gloire
Au dieu qui nous fait boire !
Bon, bon, amis, chantons :
Le vin du ciel est le plus beau des dons.

RONDE

DES BERGERS DE SYRACUSE.

Air : *Si vous aimez la danse.*

A la nymphe Aréthuse
Confiant nos moutons ,
Quittons de Syracuse
Un instant les vallons ;

Aux Filles de Mémoire
Offrons nos chants joyeux !
Mais commençons par boire , *(bis.)*
Et nous chanterons mieux. *(bis.)*

Guidés par sa lumière ,
Vous qui suivez Phœbus ,
Venez à la chaumière
Des enfans de Linus.

Aux Filles de Mémoire, etc.

Du berger qui d'Admète
A gardé les troupeaux ,

Puisse ici le poëte
Retrouver les pipeaux.

Aux Filles de Mémoire, etc.

Celui qu'Euterpe enflame
Ici vient se ranger ;
Naus n'avons tous qu'une âme,
Celle du dieu berger.

Aux Filles de Mémoire, etc.

L'Envie avec la Haîne
Envain est de moitié,
Les bergers ont pour reine
Reconnu l'Amitié.

Aux Filles de Mémoire
Offrons nos chants joyeux !
Mais commençons par boire,
Et nous chanterons mieux.

LE BÉNÉDICITÉ

DES BERGERS DE SYRACUSE.

Air du rigaudon, zig-zag don-don.

Puisque l'allégresse en ce jour
  Au plaisir nous convie,
Chantons Bacchus, chantons l'Amour :
  Ils font chérir la vie ;
  En dépit du noir chagrin,
  Chantons ce joyeux refrain :

  Vive la bonne chère,
Femme charmante et le bon vin !
  Trinité qui m'est chère :
  Que ton culte est divin !

Avec moi soyez convaincus,
  Bergers de Syracuse,
Qu'Anacréon aimait ce jus
  Mieux que l'eau d'*Aréthuse ;*

Puisqu'il est notre patron,
Chantons comme ce luron :

Vive la bonne chère, etc.

Quand à l'ombre des ormeaux,
Sur la verte fougère,
Nous présentons nos chalumeaux
A gentille bergère ;
Pour aller jusqu'à son cœur,
Il faut répéter en cœur :

Vive la bonne chère, etc.

Suivant les lois que la Gaîté
Aujourd'hui nous impose,
Disons le *Bénédicité*
Qu'elle-même propose ;
Les dieux qui nous béniront,
Avec nous répéteront :

Vive la bonne chère,
Femme charmante et le bon vin !
Trinité qui m'est chère :
Que ton culte est divin !

LES GRACES.

Air : *Chantons Bacchus, chantons l'Amour.*

A boire bien que tous enclins
  Nous sommes moins avides ;
Mes amis, nos ventres sont pleins,
  Mais nos flacons sont vides :
    Du dieu des buveurs,
    Du dieu des mangeurs
  Quand nous suivons les traces,
    Offrons à Bacchus,
    Offrons à Comus
  Nos actions de graces.

Bergers, nous chanterions en vain
  Leur gloire et leurs merveilles
Si l'on ne montait plus de vin
  Encor quelques bouteilles !
    Oui, nous en boirons,
    Et nous chanterons

6*

Notre nymphe chérie :
  Bacchus et Comus
  Seront reconnus
Dieux de la bergerie.

Quoi ! j'entends dire : c'est assez !
  Est-ce donc un profane ?
Ennemi des Dieux, finissez ;
  Notre loi vous condamne :
    Si vous m'entendez,
    Buvez et chantez,
  Ce sera votre excuse ;
    Qui chante et qui boit
    Est ici, de droit,
  Berger de Syracuse.

Mais je vois l'amour en courroux,
  Qui du doigt nous menace ;
Ne sait-il plus que parmi nous
  Il a toujours sa place.
    Charme des vergers,
    Amène aux bergers

67

Les Jeux , les Ris , les Grâces ;
Ainsi qu'à Bacchus ,
Ainsi qu'à Comus ,
Tous nous te rendrons grâces.

AMIS, C'EST LE VIN QUE JE CHANTE.

AIR : *C'est le train train.*

AUTREFOIS j'ai chanté l'amour,
Il était mon dieu tutélaire ;
Je le célébrais chaque jour ;
A la beauté je voulais plaire :
Mais vous êtes tous convaincus
Que la treille aujourd'hui m'enchante !
Et chez Comus ,
Avec Bacchus ,
Amis, c'est le vin que je chante.

Versez moi donc de ce nectar ,
Surtout versez à tasse pleine ;
De Bacchus suivant l'étendart ,
Je le viderai d'une haleine :

Vous serez bien mieux convaincus
Que la treille aujourd'hui m'enchante!
    Et chez Comus,
    Avec Bacchus,
Amis, c'est le vin que je chante.

Dans le hameau, plein de gaîté,
Au bocage et sur la fougère,
Je bois encore à la santé
D'une jeune et gente bergère :
En seriez vous moins convaincus
Que le treille aujourd'hui m'enchante!
    Quand chez Comus,
    Avec Bacchus,
Amis, c'est le vin que je chante.

J'aime à célébrer nos guerriers,
Mais sans adopter leur manière;
Ils ceignent leurs fronts de lauriers,
Le mien se couronne de lierre :
Par là vous êtes convaincus
Que la treille aujourd'hui m'enchante !

Et chez Comus ,
Avec Bacchus ,
Amis , c'est le vin que je chante.

Avant que le Temps, sans pitié ,
Unisse les effets aux causes,
Je rends hommage à l'Amitié ,
Dont souvent j'ai cueilli les roses :
Amis , soyez bien covaincus ,
Quand la treille aujourd'hui m'enchante
Que chez Comus,
Avec Bacchus ,
C'est bien l'Amitié que je chante.

LA DOCTRINE DES SANS-SOUCIS.

Air du Dieu des bonnes gens.

Quand nous avons choisi pour luminaire
Flambeau d'Amour et flambeau d'Amitié ,
Que la Gaîté comme à notre ordinaire,
A ce banquet soit toujours de moitié ;

Rions, chantons, en voyant les alarmes
De quelques troubadours transis ;
Les *Sans-soucis* ne versent point de larmes :
Vivent les *Sans-soucis !*   *bis.*

Les *Sans-soucis* n'ont point ce front sévère
Dont l'aspect seul éloigne les plaisirs ;
Toujours emplir, toujours vider leur verre,
Voilà le but où tendent leurs désirs.

Rions, chantons, etc.

Les *Sans-soucis* font l'amour sans contrainte,
Et sans pousser des soupirs langoureux ;
D'un si beau feu quand ils sentent l'étreinte,
On est bien sûr qu'ils sont vraîment heureux.

Rions, chantons, etc,

Si par hasard, dans son humeur traîtresse,
Des *Sans-soucis* l'Amour trompait l'espoir,
Ce dieu saurait qu'au sein de l'allégresse
On peut encore éluder son pouvoir.

Rions, chantons, etc.

Au grand Bacchus les *Sans-soucis* fidèles,
Du dieu Comus suivent aussi les lois ;
Boire, manger, et caresser leurs belles ,
C'est savourer tous les biens à la fois.
Rions , chantons en voyant les alarmes
De quelques troubadours transis ;
Les *Sans-soucis* ne versent point de larmes :
Vivent les *Sans-soucis !*　　　(*bis.*)

LE GROS RAISIN,

OU

L'ENSEIGNE DES SANS-SOUCIS.

Air : *Chantons Lœtamini.*

Sans-soucis , votre enseigne
M'inspire un gai refrain ;
Partout où Bacchus règne
La gaîté va son train :
Chantons le *gros raisin.*　　　(*4 fois.*)

Toujours lorsque je chante
C'est pour avoir du vin ;

Ce jus vermeil m'enchante !
Je le trouve divin :
Il sort du *gros raisin*.

Quand ce jus délectable
Coulait dans un festin,
Anacréon à table,
Bénissant son destin,
Pressait le *gros raisin*.

Quand sa main, de Glicère
S'égarait sur le sein,
Il jugeait nécessaire
A quelqu'autre dessein
De presser le *raisin*.

L'effet naissait des causes
Qu'il dérobait au lin :
Les lis avec les roses
Fixant son œil malin,
Il pressait le *raisin*.

PROFESSION DE FOI
DU BON SANS-SOUCI.

Air : *En revenant de Bâle, en Suisse.*

Amis, quand le dieu de la treille
Donne le signal d'un repas,
Qui de nous fait la sourde oreille ?
A l'appel qui ne répond pas ?

　　Celui qui nous fronde
　　N'a jamais, ici,
　　Entonné la ronde
　　Des gais *Sans-soucis.*

Nous sommes tous à notre affaire,
Mais quand il s'agit d'un banquet,
Chacun, montrant son savoir faire,
Des sots méprise le caquet.
　　Celui qui nous fronde, etc.

Tandis qu'un pauvre amant roucoule
De beaux, mais langoureux couplets,

Dans nos estomacs le vin coule,
Et nos dents broyent les poulets.
   Celui qui nous fronde, etc.

Au sein de la plus douce ivresse,
Riant des caprices du sort,
Nous éprouvons que l'allégresse
Est des âmes le grand ressort.
   Celui qui nous fronde, etc.

Basés sur deux pouvoirs magiques,
Aux tristes rimeurs inconnus
Nos chants deviennent énergiques,
Nous sommes presque des *Lynus*.
   Celui qui nous fronde, etc.

Un sot détracteur de Voltaire
Feint-il d'être de nos amis,
Chez nous on l'invite à se taire ;
Ce petit plaisir est permis.
   Celui qui nous fronde, etc.

Lorsqu'un laurier trace l'histoire
Des Français, tant de fois vainqueurs,

Le nom des fils de la Victoire
Est toujours gravé dans nos cœurs.
Celui qui nous fronde , etc.

Ardens à célébrer les belles ,
La patrie et ses défenseurs ,
Nous verrions nos Muses rebelles
Si nous chantions les oppresseurs.
Celui qui nous fronde , etc.

Trois fois salut, Amïtié sainte !
C'est sous ton auspice chéri
Que nous fêtons dans cette enceinte
Les imitateurs de HENRI.
Celui qui nous fronde , etc.

Malgré des censeurs trop sévères ,
Livrant nos cœurs à la gaîté ,
Vidons et remplissons nos verres :
Des braves portons la santé.
Celui qui nous fronde , etc.

RONDE JOYEUSE

DES

SANS-SOUCIS.

Air de la Catacoua.

Puisque la gaîté nous rassemble
Auprès des autels de Bacchus,
Mes amis, trinquons tous ensemble,
En savourant le divin jus!
Un mortel qui ne sait pas boire
Aura toujours le cœur transi.

Tout *Sans-souci,*
Tel qu'en voici,
Vide d'un trait la pinte de Bercy;
Les *Roger-Bontemps*, les *Grégoire*
Sont les saints que l'on chôme ici.

Ils ne buvaient pas goutte à goutte,
Nos deux respectables patrons;
Amis, il faut, coûte que coûte,
Lamper comme ces fiers lurons :

Et pour honorer leur mémoire
Manger le fin poulet farci.

Tout *Sans-souci*, etc.

Buvons, c'est un usage antique,
C'est un plaisir dans tous les rangs ;
Mais loin de nous la politique,
Laissons cette science aux grands :
Elle nous rendrait l'humeur noire,
L'œil sombre et le cœur endurci.

Tout *Sans-souci*, etc.

Boire, manger, chanter et rire,
Ah ! quel destin digne des Dieux !
Nous craignons peu que la satyre
Morde sur nos refrains joyeux ;
Deux tonneaux pour nous, c'est notoire,
Sont le Parnasse en raccourci.

Tout *Sans-souci*, etc.

En chérissant le jus des treilles,
Aux belles nous faisons la cour,

7*

Car dans le fond de nos bouteilles
Nous retrouvons toujours l'amour :
Et, ce qu'aisément on peut croire,
Santé, vigueur y sont aussi.

Tout *Sans-souci*, etc.

Amis, quand la reconnaissance
Pour vous m'inspire des couplets,
Le bon vin y joint sa puissance,
J'en sens les bachiques effets ;
Dieu des buveurs ! chante victoire !
Les Muses sont à ta merci.

Tout *Sans-souci*,
Tel qu'en voici,
Vide d'un trait la pinte de Bercy ;
Les *Roger-Bontemps*, les *Grégoire*
Sont les saints que l'on chôme ici.

LE BON VIVANT.

Air : *Amis, profitons tous.*

Amis, le verre en main,
Chantant du jus des treilles
Les vertus sans pareilles,
Buvons jusqu'à demain.

Sommelier, montez du caveau
Le vin vieux et le vin nouveau ;
Qu'en mangeant la longe de veau,
Il nous monte au cerveau !

Amis, le verre en main,
Chantant du jus des treilles
Les vertus sans pareilles,
Buvons jusqu'à demain.

Pour célébrer un doux régal
Faut-il la muse de Fingal ?
Un gourmand pour ça trouve égal
L'auteur d'un madrigal.

Amis, le verre en main, etc.

80

Momus se plaît à nous verser,
Et lorsque nous voulons danser,
Si Bacchus nous voit balancer,
    L'Amour nous fait walser.

    Amis, le verre en main, etc.

Retournant près de nos tendrons
Aux appas blancs, fermes et ronds,
Joyeux, nous les embrasserons,
    Et toujours nous dirons :

    Amis, le verre en main, etc.

S'il se trouve quelques censeurs,
De nos vers tortus, redresseurs,
Des billets qu'ils font aux neuf Sœurs,
    Soyons les endosseurs.

    Amis, le verre en main,
    Chantant du jus des treilles
    Les vertus sans pareilles,
    Buvons jusqu'à demain.

———

LE TINTIN DES VERRES.

Air : *C'est un mirliton.*

A table , carrée ou ronde ,
Quand la gaîté nous conduit ,
Comme un autre , dans ce monde ,
Je veux , pour faire du bruit ,

   Chanter le tintin
  Le tintin de nos verres ,
   Chanter le tintin
    Divin.

Apollon pour mon oreille
N'a point de concerts plus doux ,
Surtout lorsque la bouteille
Fait précéder ses glous-glous :

   Au joyeux tintin ,
  Au tintin de nos verres ;
   Chantons ce tintin
    Divin.

Que Damis verse des larmes
Pour une ingrate beauté,
Qu'il maigrisse pour ses charmes,
Moi, je bois à sa santé :

Au joyeux tintin, etc.

Que Grapin de son armoire
Fixe, en mourant, le trésor;
Ne respirant que pour boire,
Je préfère, au son de l'or,

Le joyeux tintin, etc.

Sans m'informer si la rime
Doit s'unir à la raison,
Le seul talent que j'estime
C'est d'accorder la chanson

Au joyeux tintin, etc.

Avec le dieu de la guerre,
Quand nos soldats, invaincus,
Marchent au bruit du tonnerre,
Je manœuvre avec Bacchus,

Au joyeux tintin, etc.

Des favoris de la gloire
J'aime beaucoup le renom ;
Mais au temple de mémoire
Je ne veux graver mon nom,

Qu'au joyeux tintin,
Au tintin de nos verres ;
Chantons le tintin
Divin.

L'ENFANT DE BACCHUS,
ou
LA SENTINELLE DU HAMEAU.

Air de la Sentinelle.

L'ASTRE du jour, de mille rayons d'or
Lançait les feux sur nos treilles fleuries ;
Le verre en main, le jeune et beau Lindor,
Ainsi chantait ses délices chéries :

Zéphir, qui souffle sous l'ormeau,
Vas dire aux Filles de mémoire,
Qu'aujourd'hui je veille au hameau *(bis)*
Pour chanter, mais surtout pour boire. *(bis)*

Aux doux glous-glous du nectar bourguigno:
Je me recueille , et j'avale en silence,
Puis, inspiré mieux qu'aux bords du *Lignon*,
Je chante alors avec plus d'assurance:

Zéphir, qui soufle sous l'ormeau,
Vas dire aux Filles de mémoire,
Qu'aujourd'hui je veille au hameau (*bis*)
Pour chanter, mais surtout pour boire. (*bis*)

Puissai-je un jour, à la fin d'un repas,
Subir l'arrêt de la Parque sévère ;
Qui chante et boit sait braver le trépas,
Mais si je meurs à côté de mon verre :

Zéphir, qui souffle sous l'ormeau,
Vas dire aux Filles de mémoire,
Qu'aujourd'hui je veille au hameau (*bis*)
Pour chanter, mais surtout pour boire. (*bis*)

L'AMI DES PLAISIRS.

Air : *Gaiment je m'accommode de tout.*

Laissant la politique
    Aux grands ,
Avec l'orgueil antique
    Des rangs ;
Dans ma simple chaumière ,
    Désir
Écrit sur ma bannière :
    Plaisir.

Aux champs comme à la ville ,
    Bacchus
Trouve dans mon asile
    Vénus ;
Le Chagrin ne s'y montre
    Jamais ;
L'Allégresse y rencontre
    La Paix.

Jamais un tel précepte
Ne nuit ;
Pourtant un cas s'excepte,
Qui suit :
N'aimant pas les caustiques
Mordans,
Je montre aux satyriques
Les dents.

Plus heureux, je le jure,
Qu'un roi,
J'observe d'Épicure
La loi;
D'une ivresse constante
Épris,
J'aime, je bois, je chante,
Je ris.

Je sais bien que la Parque
M'attend,
Mais j'irai dans la barque
Content,

Pourvu qu'avec ma belle,
Ad hoc,
On lestat la nacelle
D'un broc.

RÉFLEXIONS D'UN BUVEUR.

Air : *Nous n'avons qu'un temps à vivre.*

Qu'une morale sévère
Ne brouille plus nos cerveaux ;
C'est en buvant à plein verre
Que nous oublions nos maux.

Envain l'on nous fait peur du diable,
Le seul diable est l'hôte maudit,
Qui, sur un couplet, impayable,
Du'un canon ne fait pas crédit.

Qu'une morale sévère
Ne brouille plus nos cerveaux ;
C'est en buvant à plein verre
Que nous oublions nos maux.

Le bonheur, dans une autre vie,
Attend la mortel bienfaisant ;
Un sort si beau peut faire envie,
Mais jouissons du bien présent.

   Qu'une morale sévère, etc.

Le vin peut rendre un buveur juste,
Car la Vérité vient d'abord
Lui découvrir son front auguste,
Quand il a pris un rouge-bord.

   Qu'une morale sévère, etc.

L'eau rend l'homme triste et morose,
Il s'ennuie, il est ennuyeux,
Le vin lui montre tout en rose,
Tout va bien quand il est joyeux.

   Qu'une morale sévère, etc.

Tout buveur, par reconnaissance,
Chante les bienfaits de Bacchus ;
Bacchus est le dieu qu'on encence !
L'âme du monde est dans son jus.

   Qu'une morale sévère, etc.

89

O Bacchus ! quand ton jus insigne
Dans mon cœur porte la gaîté,
Qu'un lien de pampres de vigne
M'enchaîne à ta divinité !

Qu'une morale sévère
Ne brouille plus nos cerveaux ;
C'est en buvant à plein verre
Que nous oublions nos maux.

BACCHUS ET VÉNUS,
ou
LE VOYAGE DE NAXOS A CYTHÈRE.

Air : *Nos bons ayeux aimaient à boire.*

Faisant un voyage à Cythère,
Le père des buveurs, un jour,
Rencontre l'adorable mère
Du lutin que l'on nomme Amour ;
Bacchus, lui montrant sa bouteille,
Parvient à lui toucher le cœur ;
Puis à ses yeux, sous une treille,
Balance le thyrse vainqueur.

8*

Vénus, dans un tendre délire,
Du vin admirant la couleur,
Au dieu pour qui son cœur soupire
De myrte présente une fleur ;
L'Amour, détachant sa ceinture,
De son front ôte le carmin :
Soudain, sur la molle verdure,
Bacchus lui met le verre en main.

L'immortelle se pâme d'aise
En savourant le divin jus ;
En échange une double fraise
Est dans la bouche de Bacchus.
La Jalousie, à l'œil perfide,
De leur bonheur envain gémit,
Car dès que la bouteille est vide
D'elle-même elle se remplit.

Cher dieu, s'écriait Cythérée,
Que ton nectar est précieux !
Jamais je ne fus enivrée
De celui que l'on boit aux cieux ;

Quand tu me couvres de ta gloire
Que n'ai-je ici mille témoins :
Mars ainsi que toi ne peut boire,
Et *Vulcain* sait boire encor moins.

Couple heureux, quel sort est le vôtre,
En grand vous contentez vos goûts :
Car à la santé l'un de l'autre
Vous bûtes bien cinquante coups.
Dans ces lieux, tous tant que nous sommes,
Aux sons de nos refrains joyeux,
Buvons au moins comme des hommes,
Si nous ne pouvons boire en dieux.

L'AUTOMNE.

Air : *Fou qui se marie.*

CÉLÉBRONS l'Automne,
Aimons et buvons,
Quand nous voyons remplir la tonne,
Buvons et chantons !
Aux vignes Bacchus,
L'Amour et Vénus
Se sont rendus :
Célébrons l'Automne, etc.

A l'ombre des treilles
Je vois Cupidon,
Près de lui des nymphes vermeilles
Sont à l'abandon :
A mes yeux surpris,
Les Jeux et les Ris
Offrent Cloris !
A l'ombre des treilles, etc.

Comme elle est charmante,
Dit l'Amour, d'abord,
Pour trinquer avec ton amante
Prends un rouge bord ;
Le plaisir ce soir
T'attend au pressoir,
Tu pourras voir :

Comme elle est charmante, etc.

La cuve est remplie,
Chacun veut fouler ;
Bientôt de la grappe amollie
Le jus va couler :
Tout en fermentant,
Tout en écumant,
En bouillonnant,

La cuve est remplie, etc.

Buvons sans réserve
De ce jus divin ;
Pour que la gaîté se conserve
Il lui faut du vin ;

Près de nos tendrons,
En bons vignerons,
- Nous chanterons,

Buvons sans réserve
De ce jus divin ;
Pour que la gaîté se conserve
Il lui faut du vin.

L'ENFANT DE LA JOIE.

Air de la petite Savoyarde.

TOUJOURS
Avec les Amours,
En passant mes jours
Je veux rire et boire ;
Pour moi,
Plus heureux qu'un roi ,
C'est là , sur ma foi ,
La bonne loi.

Je trouve dans ton jus ,
Divin Bacchus ,

Avec mémoire,
Vigueur, esprit, gaîté,
Félicité
Et volupté.

Toujours, etc.

Ma bouche, de Cypris,
Auprès d'Iris
Chantant la gloire,
Savoure la liqueur
Qui de son cœur
Me rend vainqueur.

Toujours , etc.

Nargue du noir chagrin
Est mon refrain ;
Nouveau *Grégoire*,
J'égale, au tems qui fuit,
L'astre qui luit,
La sombre nuit.

Toujours, etc.

Quand près du vieux Caron
De l'Achéron
Sur l'onde noire,
Mon ombre voguera,
Elle boira
Et chantera :

Toujours
Avec les Amours
En passant mes jours,
Je veux rire et boire ;
Pour moi,
Plus heureux qu'un roi,
C'est là, sur ma foi,
La bonne loi.

LES NOCES DE CANA.

Air du Coup du milieu,
ou : *Mettant ma perruque nouvelle.*

Sans rien accorder aux prestiges,
Aimer et boire, c'est ma loi ;
Rarement je crois aux prodiges :
Pourtant je ne suis pas sans foi.

De Cana j'aime le miracle,
Et j'admire l'homme divin !
Quand il dit, d'une voix d'oracle :
Que l'eau pure se change en vin !

Il n'en restait plus une goutte,
Le repas n'était qu'à demi ;
A qui s'adresser ? on s'en doute,
A Jésus, de l'hôte l'ami.

De Cana, etc.

Jésus exauce la prière,
A chacun il fait prendre un seau :

Et six grandes urnes de pierre
En un clein d'œil sont pleines d'eau.

De Cana, etc.

Cela fait, personne ne bouge ;
Seulement Jésus dit un mot :
Toute l'eau soudain devint rouge,
Et chacun en but plus d'un pot.

De Cana, etc.

Buvons, mes amis, Dieu l'ordonne ;
Qui de nous pourrait en douter ?
Ce jus, que sa bonté nous donne,
A le boire doit inviter.

De Cana j'aime le miracle,
Et j'admire l'homme divin,
Quand il dit, d'une voix d'oracle :
Que l'eau pure se change en vin !

LA SAISON DES BUVEURS.

AIR : *Eh ! ma mère, est-c' que j' sais ça.*

VIGNERONS, voici l'automne,
Bénissons notre destin ;
La trop frugale Pomone
A fait place au dieu du vin.
Quand je chante les louanges
De ce *précieux nectar*,
Pour moi le tems des vendanges
Arrive toujours trop tard.

Au petit bambin de Gnide
Je n'offre plus mon encens :
L'Amour est un dieu perfide
Qui tourmente les amans.
Des fiers dédains de Glicère,
Mon cœur était contristé ;
Mes amis, au fond du verre
J'ai retrouvé ma gaîté.

Mais je fuis envain le traître,
Qui, riant de mon projet,
En buvant, doit me soumettre
Aux lois d'un nouvel objet.
Celui qui tous nous attrape,
Sachant faire plus d'un tour,
Se cache dans une grappe,
Et moi je *gobe* l'Amour.

Mes amis, puisque la treille
Est l'arbuste cher aux dieux ;
Pressant la grappe vermeille,
Buvons son jus précieux.
Assis près de nymphe aimable,
Convenons, sans hésiter,
Que l'on ne se sent bien qu'à table
L'avantage d'exister.

L'AMANT TROMPÉ,

SE CONSOLANT SOUS LA TREILLE.

Air d'un Noël provençal.

Cupidon fut mon vainqueur;
La coquette Ismène
Trop long-tems fit mon malheur,
En serrant ma chaîne;
J'avais perdu ma liberté,
Et tout ce qui fait ma gaîté,
Ma lyre!
Ma lyre!
Je coulais mes jours tristement,
Comme un amant,
Dans le tourment,
Dans le délire.

Un jour, lassé de ce train,
Je fus sous la treille
Chanter un petit refrain,
En buvant bouteille.

9*

Bien qu'il me vit prêt à périr,
Bacchus jura de me guérir :
    Miracle !
    Miracle !
Je vais donc, en buvant du vin,
    Chanter sans fin,
    Qu'il est divin
    Ce grand oracle.

Trois fois honneur à Bacchus,
    Mon dieu tutélaire ;
Puisse un tonneau de son jus
    Couler dans mon verre.
Rendez l'allégresse à mon cœur,
En me donnant de sa liqueur
    A boire ,
    A boire ;
Vous me verrez, au même instant,
    Joyeux, content,
    Riant, chantant
    Comme Grégoire.

LA MUSETTE DU HAMEAU,

ou

LE DERNIER CHANT D'UN VIEUX BERGER.

AIR : *Les Auvergnats au fond des bois.*

Muse, qui sur mes jeunes ans
Répandit l'allégresse,
Des plus beaux jours du mon printems
Retrace-moi l'ivresse ;
Fais résonner, sous l'ormeau.
La musette du hameau ;
Qu'à ta voix l'Amour danse
Un rigodon,
Zig zag, don don,
Quand Bacchus en cadence
Fait sauter le bondon.

Vainement le Tems sur mon front
Répand des flots de neige ;
Mes gais destins s'accompliront
Malgré tout son manège ;

Je sais pourtant que sa faulx
Ne frappe jamais à faux :
Mais j'en ris et je danse
Un rigodon , etc.

Heureux lorsque de la beauté
J'encense encore l'image :
Elle a fait ma félicité,
Je lui dois mon hommage!
J'aime à la voir chez Comus ,
Badiner avec Momus :
C'est là que l'Amour danse
Un rigodon , etc.

Jamais on ne me vit porter
Aux grands du jour envie ;
A rire , aimer , boire et chanter
J'ai consacré ma vie ;
Si par fois j'eus le travers
De rimer aussi des vers ,
A mes chansons l'on danse
Un rigodon , etc.

Le plaisir, tant que je vivrai,
Sera toujours mon thême ;
Aux sombres bords je descendrai
Sans changer de systême :
La haut, dirai-je à Pluton,
Je ne fus pas un Caton,
Mais est sage qui danse
Un rigodon,
Zig zag, don don,
Quand Bacchus en cadence
Fait sauter le bondon.

TABLE.

FIN DE LA TABLE.